想

～あなたが感じたメロディーを～

Mizue

文芸社

目　次

風

いつも変わらない毎日を　刺激を探しながら生きている
そんな退屈な日々に　トキメキをくれたのは貴方でした

流れる風はいつもと違う香りを運んで来た　私の元へ

愛なんて知らなかった　こんなにも切ない事

ときめいた貴方の風　よそ見をしたら
あっという間に逃げていくよ

あれもしたいこれも欲しい　全てを諦めたら貴方だけ
ずっとそばにいて欲しいよ　風に吹かれながら貴方と二人

流れる風優しい香りがした切ないくらい　穏やかな空

忘れてたこの気持ち　昔から探していたよ
気付いたよ愛されたい　貴方だけに
心深く抱きしめてよ

愛なんて知らなかった　こんなにも素敵な事
恋をした貴方の風　このトキメキ

優しい香り優しい風

Feel pleasure

優しい笑顔に照らされて　あまり笑わない貴方の
そばでいつも花のように

優しい貴方に守られて　心穏やかな貴方の
そばでいつも海のように

この果てしなく続く大地で出逢った
引き寄せられるように

静かに　目を閉じて　感じて　心まで
忘れて　何もかも　激しく　身を任せ

この壊れかけた世界で出逢った
求め合うように

鼓動が　高鳴って　月夜に　溶けていく
時が　止まればと　貴方と　そう願う

静かに　目を閉じて　感じて　心まで
忘れて　何もかも　優しく　抱きしめて

時が　止まればと　貴方と　そう願う

Seek

笑えない時があるよ　話せない時があるよ
苦しくてどうしたらいい？

人は嫌いじゃないけど　難しくて面倒になる

自分さえ理解できていないのに
こんなに人は人を必要として　今日も過ぎていく

眠れない時があるよ　進めない時があるよ
悲しくて何処にいけばいい？

一人は嫌いじゃないけど　寂しくなって君を呼ぶよ

自分さえ愛せてはいないのに
こんなに私は君を必要として　今日も過ぎていく

悲しみの数だけ強くなると言うけど　人は皆違うから
私も違うから

いつか自分を愛せるように…

Rose Tear

振り向く事のできない　涙が　赤く染まってく
いつかのようにお前を眠らせ　changes to the devil

微笑む事のできない　天使が　崩れ落ちてく
エデンの地で口づけを交わし　changes to the devil

時が　二人を　変えてゆく　壊れた　時空が　視界を歪ませる

Rose　お前はいつしか世界の最後を見るだろう
崩れ行く世界をこの目に　邪悪な者の手により
お前は枯れ果てるだろう　渇いた瞳で　Rose Tear

華が　二人を　消してゆく　無くした　時間が　視界を奪ってく

Change my heart

逃げ出す必要もなければ　守る必要もない
相変わらず僕は　一人きりだから

真昼の太陽が眩しすぎて　泣く事さえ忘れていたよ

いつか　変われるかな　まだ太陽は昇るから
いつか　思い出せるかな　まだ太陽は沈むから
どんなふうにして　君にこの思い伝えればいい？
きっと何があっても大丈夫
僕にはなくすモノなんてないはずだから

真昼の太陽が眩しすぎて　悲しみさえ忘れていたよ

いつか　変われるかな　まだ心はトキメクから
いつか　愛されるかな　まだ君を愛しているから
どんなふうにして　君にこの思い伝えればいい？
きっと何があっても大丈夫
僕にはなくすモノなんてないはずだから

君以外には
　　　この思い君に届くかな

BLUE SKY

君の羽根は飛ぶ事さえできないのに
何を求めて飛び立とうとするの？
誰も君を待ってはいないのに　ここからは遠すぎるのに

君は引き裂かれた羽根で誰を包むの？
何を求めて飛び立とうとするの？
君は空を感じられないのに　ここからは高すぎるのに

届かない　届かない　いくら羽根を羽ばたかせても
あの青空までは　空が眩しすぎて

I want to fly in the blue sky　あの空を羽ばたけたなら
何かが変わるかも　勇気も努力も持っているのに
君は何を思う

Loving

幾つの罪を重ねたら　貴方に認められる？
幾つの傷を増やしたら　貴方と見つめ合える？

答えのない幻に　目を閉じたら
全てが消えてしまいそうで

愛を知った日から貴方しか見えなくて
涙の数だけ強く抱きしめて欲しいよ
見失うその日が来るようで　儚いよ

幾つの罪を消したなら　貴方はそばにいてくれる？
幾つの夢を捨てたなら　貴方に見つめられる？

足音だけ聞こえても　目を閉じたら
何かを忘れてしまいそうで

愛を知った日から貴方しか見えなくて
なくした分だけ強く抱きしめて欲しいよ
突き抜けた思いが遠回りしても　愛してる

愛を知った日から貴方しか見えなくて
涙の数だけ強く抱きしめて欲しいよ
突き抜けた思いが遠回りしても　愛してる

愛してる

take me heart

君が好きだよ　後悔したくないよこの気持ち
君に届けと　確かなモノは僕の中にある

ふとした時に見せた君の寂しそうな顔
僕なら君を守れるから　僕の胸に飛び込んでおいで

君を失いたくないよ　君が僕を愛せなくても

涙のわけを聞いた君の胸の痛みさえ
救えないなら僕はいらない　僕の事を必要としてよ

君を傷つけたくないよ　僕は君を愛しているから

空が青くて　心は見透かされて揺るぎない
君への気持ち　嘘はつかない諦めたくない

誰の元まで　君は羽ばたいてく僕は今
君を待っているよ　僕の思いが届きますように

A&D

悲しいよ　心通わなくなるなんて
あんなにも　愛してると言ってくれたのに

過ぎて来た　二人の時間は嘘じゃない
これからも　君を抱きしめていたいのに

天使が邪魔をするのなら　悪魔よ助けておくれ　今すぐに

君は何を探していたの？　僕は君を愛しているよ
天使が僕を引き離しても　僕に君を守る資格はない？

僕を求めて躰ごと　天使が君に恋をする　今すぐに

君の躰冷たくなって　天使が君を抱きしめる
悪魔が僕を引き合わせても　僕に君を救う資格はない？

君を愛した僕は　君を天使から奪うのさ
たとえ命を悪魔に差し出したとしても
君のそばにいたいから

君は何を探していたの？　僕は君を愛しているよ
天使が君を連れ去っても　僕は君のそばで眠り続ける

Hope

このまま歩き続けて　先には何があるの
このまま立ち止まったら　君さえ守れないから

だから僕は歩き続けるんだ　こんな未来の見えない時代を
君に伝えたい事があるんだ　僕が君を守るから
僕のそばにいてよ

確かな答えなんかない　誰もが探してるんだ
星さえ見忘れてるよ　君だけ見つめてるよ

置き去りにされた過去の傷は　癒される事なく君を求めてる

だから僕は叫び続けるんだ　こんな未来の見えない時代に
君に伝えたい事があるんだ　僕が消えてしまっても
君だけは消えないで

だから僕は歩き続けるんだ　こんな未来の見えない時代を
君に伝えたい事があるんだ　僕が君を守るから
僕のそばにいてよ

G

好きになっていくよ　加速して行くこの思い
貴方の過去を知って　切なくなったりしたけど

いつでも強い人だと思ってた　時に見せる人恋しそうな顔

貴方が生きて来たどれくらいの過去を
私は知っているのだろう　愛しい貴方には　誰よりも
幸せになって欲しいよ

目がはなせないよ　その歌声が届くから
いつまでも貴方を　見守っていきたいよ

時折見せる笑顔が嬉しい　切なくて叶わない恋の中

貴方の世界には優しさが溢れて
貴方に包まれているよ　いつまでも届けて　その姿
その歌声その笑顔

貴方の思いが届くから　この気持ちずっと変わらない
大切に思うよ　貴方が愛しい

Flew up

そうあの日から歩き出したこの道　今でも君は迷っているの？
羽ばたきたいなら　君のこの空に

夢はまだ輝いているよ　愛はまだ溢れているよ

飛び立とうありのままの君で　両手を広げて空高く
諦めないで自分を信じて　いつでもそばにいるよ

そうあの日から諦めてた全てを　今でも君は諦めるの？
手に入れたいなら　君のその夢に

夢はまだ輝いているよ　愛はまだ溢れているよ

差し出した自分取り戻そう　どんなに待っても届かない
勇気を出して自分を愛して　いつでも見守ってる

夢はまだ輝いているよ　愛はまだ溢れているよ
君はまだ羽ばたけるよ　君ならつかめるよ

important person

こんなにもこんなにも胸が苦しい
静かにかえす波の音と　僕の鼓動だけが　この夜に流れてく

君に近付きたい流されるままに
こんなにも君と見る月が潤んでる

もう少しもう少し君といたいよ
サヨナラ波の音に乗せて　君の唇から　この夜にこぼれた

君の手を握った冷たく震えた
感じてた流れる涙のそのわけを

君を傷つけて僕は愛を知った
下らない事語り合った日も　朝まで抱き合った日も
独りぼっちになるなんて思ってもいなかったよ
サヨナラを聞くまでは

君を悲しませて僕は愛を知った
ささいな事で喧嘩した日も 飽きる程kissした日も
独りぼっちになるなんて思ってもいなかったよ
今君にサヨナラを

僕は君を　愛していたよ

君を忘れない

思い出していたよ　あの時のあの言葉を
ずっとしまっていたよ　この胸に　深く強く

君に聞こえるかい？　あの時のあの言葉が
そっと伝えたいよ　その胸に　深く強く

愛を探しているよ　あの時のあの時間を
君と過ごした日々　この胸に　深く強く

思い出していたよ　あの時のあの言葉を
飛べなくなったなら　この羽根を　差し出すから

君を愛している　あの時もこれからも
飛べなくなった君　この羽根を　届けたいよ

君のいない街は　あの時と変わらない
星になった君　この羽根を　包んでいて

涙枯れても　愛は溢れて　忘れないよ
幾つの時が流れても…

MARIA

途切れ途切れの記憶の中で　探し続けた　生きる為に
疲れ果てたなら　答えは見つかる？

夢と現実光と闇と　彷徨い続けた　僕を探して
信じた明日に　答えはあるの？

マリア　貴方は何処に　マリア　僕を隠したの？
マリア　届いているかい？　マリア　僕の思いは

信じる勇気なら僕は刻んだよ
かけがえのない愛なら僕は見つけたよ
生き続ける意味なら僕はつかんだよ
探し続けて　僕は今何処で彷徨ってる？

悲しむ心なら僕は刻んだよ
君に誇れるものなら僕は見つけたよ
ずっと守りたい人なら僕は見つけたよ
だからお願い　僕は今何処に行けばいい？

だからマリア　僕は今何処に行けばいい？

Fidelity in love

守りたいモノはひとつ　なくさないように　永遠に
貴方の笑顔　私を救ってくれるよ

薄れてく過去の傷が　開かないように　ずっと
愛の言葉で　私を離さないで

貴方と出逢ってから過ぎてく毎日が愛しくて

伝えたい言葉が溢れてくるよ

愛してるその言葉で　強く強く生きていけるよ
抱き合ったその温もり　何も怖くなくなっていくよ

時にわがままで貴方を困らせてしまうけど
いつも貴方の笑顔が見ていたいよ

愛してるその言葉で　強く強く生きていけるよ
抱き合ったその温もり　何も怖くなくなっていくよ

愛してるその言葉で　こんな私自信が持てた
愛すべき人がいて　今日も風を感じているよ

愛する人よ永遠に…

Pure love

今日は楽しかったね　また行こうね　君の笑顔が見たいから
いつでも僕は君に夢中

明日は何処に行こうか？　君と二人　早起きしてさ海に行こう
お弁当持って波打つ海へ

愛しくて目がはなせなくて　沈んでく太陽が早く昇るようにと

何気ないそのしぐさが僕の心　ときめかせるよ
君となら辛い時も笑ってられる　君がいるから
その眩しい笑顔いつまでも　僕のモノだよ

愛しくて目がはなせなくて　わがままは君の魅力だね

何気ないその言葉が僕の胸を　高ぶらせるよ
君が今考えてる未来に　僕はいるの？
僕の愛も夢も欲しいなら　君にあげるよ

何気ないそのしぐさが僕の心　ときめかせるよ
君となら辛い時も笑ってられる　君がいるから
その眩しい笑顔いつまでも　僕のモノだよ

蝶々

あの花が枯れる頃には　もう貴方はいないから
今この思いを伝えられるなら

貴方の元へ綺麗な花を届けたい

綺麗な蝶になって貴方の元へ
激しい雨に打たれても　冷たい風に吹かれても
貴方に届けたいこの幸せを

春が来る頃には　もう貴方はいないから
遠くの街まで飛んで行けるかな

黄色い花や私の愛を届けたい

綺麗な蝶になって貴方の元へ
激しい雨に打たれても　冷たい風に吹かれても
貴方に伝えたいこの思いを

きらきら輝くこの羽根で春を感じてる

Parting

何も見えない寂しい夜は　時計の音がリズムを刻む
いつもそばにいたはずなのに

取り戻せない貴方との日々　もう触れない二度と会えない
遥か彼方私を残して

感じたい貴方の温もりを　眠れない　消えたくない

この空を羽ばたけたら　いつか愛する貴方の元へ
この命守っていくよ　いつも貴方が守ってくれた

今誓う生きていくと　いつか愛する人と出会って
でもずっと忘れないよ　ずっと心に貴方の穴

苦しいよ涙も出ない程　私の中に大きな穴ができたけど
さよなら　愛する人　やがて綺麗な星になる

流れ星

私はなんて愚かな人間なんだろう
人を傷付けて　私は仮面をかぶる
でも君に恋をする

月の夜　流れ星を探しながら　人でありたいと願った

響け　この思い　この空に
届け　この願い　空高く
響け　この思い　君の胸
届け　この気持ち　君の元まで

私の仮面の下には何もない
もう消えてしまった　私は私を今も
許せてはいないから

君の事　思いながら流れ星に　君だけは傷付けないと
誓う

響け　この思い　この空に
届け　この誓い　空高く
響け　この思い　この夜に
届け　この誓い　君の元まで

君がとても好きだから　消えた私を取り戻すから
いつの日か　本当の私を　優しく受け止めて

ETERNAL LOVE

昔から欲しかったもの　今はもうここにある
なくさないように　離さないように
永遠にありますように

抱きしめて離さないで　愛をねぇ囁いて
離れないように　終わらないように
永遠に消えないように

貴方の描く未来には愛が溢れて　心の傷も癒されてく

時に喧嘩して傷付け合って　時に悲しんで慰め合って
時にkissをして愛し合って　明日もまた永遠に繰り返す

私の描く未来には愛し愛され　眠る貴方寄り添う私

時に会えなくて遠回りして　時に苛立って空回りして
時に寂しくて肌寄せ合って

時に喧嘩して傷付け合って　時に悲しんで慰め合って
時にkissをして愛し合って　明日もまた永遠に繰り返す
明日もまた永遠に繰り返す

Courage

心の傷をいつも隠して笑っていたよ
幸せになりたくて　沢山の嘘覚えてた

悲しみの丘を乗り越えられなくて

感じるままに負けない自分の強さ　素直に引き出せたなら
きっと幸せの数も増えるのにね

このままでいいそう言い聞かせてまた逃げてた
自分でも気付いてる　このままじゃ掴めない

幸せはいつも僕等を待っているよ

走り出そうよ今すぐ信じるままに　こんなに辛い孤独も
きっと受け入れられるさ一人じゃないから

感じるままに負けない自分の強さ　素直に引き出せたなら
幸せの数も増えるのにね

I am Me

新しいものばかり身につけて　誰が本当か解らないよね
今の流行は悪くないけど

時はいつも色とりどりで　私は何にも染まりたくない

私はいつも私らしい色で　私らしい鎧を着ているよ
恋だってそう私らしい愛で　心のドア優しくノックするよ

産まれて来た理由を考えて　何が答えか解らないよね
生きて行くこと悪くはないね

時はいつも変わらず過ぎて　私はどこかで逆らっていたよ

私はいつも私らしい風で　私らしい生き方しているよ
夢だってそう諦めない気持ち　私らしく進んで叶えるよ

私らしくってなんだか解らないよね
自分に素直になる事かもしれないね

私はいつも私らしく生きているよ

Declaration of love

光さす未来　これからの未来
貴方との未来　永遠の未来
ゆっくりと過ぎて行く時の中もう貴方なしじゃ歩けない

傷付いて傷付けて　凍りついたこの心
もう歩けない　そんな時貴方に出会った

抱きしめてくれたから　凍りついた心
溶かしてくれた　ゆっくり貴方に恋をした

「君を離さない」と言ってくれたから
長い時代を　貴方と生きていこうと決めた

変わらない愛も　溢れ出す愛も
温かな愛も　永遠の愛も
ゆっくりと過ぎて行く時の中もう貴方しか愛せない

「君を守っていく」と言ってくれたから
どんな時も貴方と生きていこうと決めた

光さす未来　これからの未来
貴方との未来　永遠の未来
ゆっくりと過ぎて行く時の中もう貴方なしじゃ歩けない

ゆっくりと過ぎていく時の中もう貴方しか愛せない

紅い花

今　私はここで生きているよ　今　太陽の光浴びて
今　私はここで生きているよ　今　この時を精一杯

頬を流れる涙で紅い花が咲くなら　涙　枯れるまで

もしも誰かが　私を必要とするなら
儚い命を繋ぎとめて
もしも誰もが　私を必要でないなら
儚い命は遥か空へ

今　私はここで探しているよ　今　永遠の尊い愛

そっと抱きしめてあげるよ寂しいなら　心　癒えるまで

もしも誰かが　私を愛してくれるなら
生きてく力になるでしょう
もしも誰もが　私を愛せないのなら
生きてく理由はどこでしょう

当たり前に生きてはいけない自分がいるよ

もしも誰かが　私を必要とするなら
儚い命を繋ぎとめて
もしも誰もが　私を必要でないなら
儚い命は遥か空へ

もしも私が命を消してしまったなら
紅い花は咲くのでしょうか？

True love

熱い砂の上は歩くこともできない
素足の僕は君に追いつけない
焼けるようなこの思い　砂を焦がすよ

夜が来るのを待って星を頼りに行こう
焦がした砂も君に癒されるよ
僕が君にもらったもの　いつでもここに

急いで行こう　太陽が君を起こさないうちに

歩き出してから君のことばかり考えていたよ
夢でkissした　泣き虫だった僕は強くなった
夢はそっちのけで君の元まで
君を守れるくらい　強くなったかな？

強く抱きしめ　熱いkissしてもう離さないよ

歩き出してから君のことばかり考えていたよ
夢でkissした　君と出会って僕は考えたんだ
一番素敵な二人の未来
星が舞い散る夜に　君の元まで

Dahlia

僕の鍵はかかったまま　僕は君に救われるかな？
僕の心はまだ迷子なのさ

君を強く抱きしめても　不安で涙がこぼれそう

君はいつも誰を見てる？　君の全て僕に頂だい
君の心は移り気だから

君が傍にいてくれても　不安で胸がはちきれそう

今僕の胸に飛び込んで　全てを捨てて誰もが君に恋してる
君を愛した僕は救われないの？

君を強く抱きしめても　不安で涙がこぼれそう

今僕の胸に飛び込んで　全てを捨てて誰もが君に恋してる
君を愛した僕は救われないの？

この僕の鍵が壊れてく　全てが幻？　誰もが君を忘れてく
君を愛した僕は忘れないよ

今僕の心が壊れてく　全てが幻？　誰もが僕を忘れてく
君を愛した僕を忘れないで

忘れないで

Love letter

今を生きてく強さと　人を愛する優しさ
忘れてたあなたに会うまでは
その無邪気な笑顔守っていきたい

いつか愛する誰かと　ずっといられるその日まで
沢山の愛を注いで見守るよ
その潤んだ瞳放しはしない

これから沢山の時間を重ね　幸せを探しながら歩いていく

冷たい雨に打たれても　悲しい嘘に出会っても
負けないで　逃げないであなたなら乗り越えられる
愛しい　愛しい君よ　誰よりも羽ばたいて

これから沢山の人と出会い　愛を探しながら歩いていく

大きな壁にぶつかっても　咲かない花に出会っても
負けないで　逃げないであなたなら乗り越えられる
愛しい　愛しい君よ　誰よりも輝いて

僕の中の君に

心の傷と戦いながら　歩き続けてる　今を
犯した罪は胸を切り裂く　僕を苦しめる　今も

大切な人守りたい人　ずっと探してた　君を
犯した罪も忘れてく程　君を愛してる　熱く

その小さな腕で抱きしめてくれた
僕のために流した涙は　輝いて

君が僕を必要とするなら　君の為に全てを捨てて
君が風を必要とするなら　君の為に全てを捨てて
僕は風になる

そのつぶらな瞳で見つめられたら
僕の胸は激しく波打つ　とめどなく

君が僕を必要とするなら　君の為に全てを捨てて
君の愛を独り占めにしたい　僕の自由君にあげるよ

君が僕を癒してくれるから　世界中の命に誓う
君が僕を必要とするなら　君の為に全てを捨てる
僕は君を離しはしないから　僕の傍にずっといて欲しい
僕は君を愛しているから　ずっとずっと愛しているから

Shortly

自分がもどかしくてはがゆくて
君が好きだと　抱きしめられたら良いのにね
この胸張り裂けてしまいそうだよ

いつも見ていたよその笑顔　僕に話しかける時
君は少しうつむいていたよね　小さな頃から

いつも一緒にいたねそう君と　僕の隣でいつも
君は眩しいほど笑っていたよね　小さな頃から

君の気持ち気付いてる　でもまだ君を守れそうにないから

君のその幸せと悲しみを
全部全部　抱きしめられたら良いのにね
怖いよ夢が覚めてしまいそうで

僕の気持ち気付いてる？　自信と強さ足りてないから

自分が情けなくて弱虫で
君の全てを　抱きしめられたら良いのにね
この胸張り裂けてしまいそうだよ

ねぇ　この胸張り裂けてしまいそうだよ
この胸張り裂けてしまいそうだよ

DEAR MY FRIEND

OH FRIEND　MY FRIEND
共に過ごした日々は短いけれど
OH FRIEND　MY FRIEND
宝物だよずっと仲良くしよう　この命が果てても

覚えているかい？　朝まで語り合った日の事
あなただから話せた事　何もかもがおかしくて
笑いが止まらなくて

あの頃の思い出は今も　色褪せないまま

覚えているかい？　恋して傷ついた日の事
熱く燃えたあの瞬間　何もかもが楽しくて
いつまでも遊びたくて

OH FRIEND　MY FRIEND
別々の場所で今寂しいけれど
OH FRIEND　MY FRIEND
気持ちは伝わってるよこれからもずっと永遠に続くよ

OH FRIEND　MY FRIEND
共に過ごした日々は短いけれど
OH FRIEND　MY FRIEND
心からありがとう出逢えて良かったこれからもよろしくね

OH FRIEND　MY FRIEND
親愛なるあなたへ

unrequited love

どんなに叫んでも　どんなに君が好きだと叫んでも
どんなに手を遠く伸ばして見ても　君には届かない

なくしたはずの涙が　頬に流れ落ちてく
君に出逢った時から　叶わない恋とわかっていたのに
こんなにも胸を焦がすよ

風になろうかな　鳥になろうかな
君の傍に行けるなら　僕は何にでもなる

こんなに愛しても　こんなに君の全てを愛しても
こんなに心深く傷ついても　君には届かない

月になろうかな　花になろうかな
君の瞳に映るなら　僕は何にでもなる

どんなに叫んでも　どんなに君が好きだと叫んでも
どんなに手を遠く伸ばしてみても　君には届かない

ｗｏｗ　ｗｏｗ....
どんなに愛しても　君には届かない
こんなに愛してる…

Farewell

あんなにも愛してた　なのにもう全て
やり直せたらいいのにね　毎日喧嘩ばかりで

時は過ぎ花が散り　約束ももう全て
嘘で良いから別れよう　新しい道進もう

いつか笑って会える日がきっと来るから　未来別れの場所は
きっと忘れない

そう　君に出会ったこと　そう　君に愛されたこと
そう　ずっと忘れない
ねぇ　君が永遠の愛にたどり着くように

いつか二人の時を笑って話せる

そう　君がくれた愛も　そう　君がくれた時間も
そう　ずっと忘れない
ねぇ　私が永遠の愛にたどり着くように

Ａｈ　二人別々の　Ａｈ　道を歩き始めよう
Ａｈ　きっとこの地球で

ねぇ　いつか永遠の愛にたどり着くように
Ａｈ　いつか永遠の愛にたどり着くように

I think...

今何処で何を感じてる？　僕のいない部屋で
繰り返すノイズの音に　あの日見た夢を探してる

今誰と何を感じてる？　僕のいない部屋で
揺れ動くベッドの音に　あの日触れた愛を求めてる

君は歩き続ける　振り返る事もなく
新しい恋求めて　思い出を打ち消して

Ｔｈｉｎｋ　ｏｆ　ｙｏｕ　歩き出せないよ
Ｔｈｉｎｋ　ｏｆ　ｙｏｕ　忘れられないよ
Ｔｈｉｎｋ　ｏｆ　ｙｏｕ　こんなにも愛してたなんて
Ｔｈｉｎｋ　ｏｆ　ｙｏｕ　新しい恋に踏み切れないよ

あなたは歩き続ける　思い出すこともなく
新しい温もり求めて　言葉を打ち消して

Ｔｈｉｎｋ　ｏｆ　ｙｏｕ　立ち止まったままで
Ｔｈｉｎｋ　ｏｆ　ｙｏｕ　忘れられないよ
Ｔｈｉｎｋ　ｏｆ　ｙｏｕ　こんなにも涙流れるよ
Ｔｈｉｎｋ　ｏｆ　ｙｏｕ　新しい恋に踏み切れないよ

SAVE YOUR HEART

薄笑いを浮かべて僕等を見てる　ねえあなた達は
何を創ってきたの　僕等の通る道を汚したりしないで

一人で生きていけるなんて思ってない　ただ飛びたいんだ
空を高く高く　僕等は生きて行くんだ　この汚れた街で

夢を見たんだ　泣いている夢を
僕等にはやるべき事があるんだと　守るべきモノがあるんだと

愛する君も救えないでいるよ　僕等の背中に羽根をつけて
愛する君を助けに行くんだ
邪魔する奴は悲しい奴等だ　愛する事さえ忘れているよ
悲しい君を助けに行くんだ

夢を見たんだ　羽ばたく夢を
僕等にも愛すべき人がいるんだと

花が咲いてる廃墟の中で　綺麗なモノさえ見えないでいる
悲しき花を助けに行くんだ
花を植えよう汚れた街に　僕等の心に綺麗な花を
傷付いた時助けに行くよ

ESCAPE

これから始まる大人達のＳＨＯＷ　ＴＩＭＥ
誰もが口にしない「お前なんか嫌い」だって
奴等に僕達の姿は見えるハズない

今夜逃げ出そう　こんな大人達の作った檻の中から
僕達はまだ死にたくないんだ

どの道奴等に敵わないって解ってるなら
好きなだけ壊したい　大人達の創った物を
奴等に夢だとか愛とか言えるハズがない

今夜逃げ出そう　そうさ大好きな君を連れて急いで
僕達は夢を諦めたくないんだ

そう知ってる　悪いのは大人達だけじゃないって事
でも今を創って来たのは奴等だろう？
追い詰められたのは誰のせい？
本当にこのままで良いのかい？
お金で買えないものを教えてくれよ！

さあ　今夜逃げだそうこの時代から...

もういいよ

君が歩いてきた道は　いくつの涙を必要とした？
どれだけ迷い　どれだけ裏切られてきたのかい？

ここからは君が見えないけど
あの坂をのぼれば　君に逢える気がする

もういいよ　苦しまなくて　僕が助けるから
もういいよ　好きなだけ泣いて　僕が涙を拭くから
もういいよ　淋しがらなくて　僕が傍にいるから
もういいよ　もういいよ　ずっと君を抱きしめたままで...

ここからは声が届かないけど
あの坂のぼれば君に伝えられる

もういいよ　苦しまなくて　僕が助けるから
もういいよ　好きなだけ泣いて　僕が涙を拭くから
もういいよ　淋しがらなくて　僕が傍にいるから
もういいよ　もういいよ　ずっと君を抱きしめたままで

もういいよ　もういいよ　ずっと僕の傍にいて
もういいよ　もういいよ　ずっと君を抱きしめたままで

A Standing Times

この時計はいつか必ず止まると思っていた
僕のヒコーキは飛ぶ事をためらっている

ゆっくり僕の羽根をなでてくれた
この羽根が羽ばたかないか君は不安を抱いて

君を愛する事を止めたら君は何処へ羽ばたいて行くの？
新しい恋を求めて…
いつまでもいつまでも　君を愛し続けていたかった
いつまでもいつまでも　君と二人一緒にいたかった
いつまでもいつまでも　時計よ止まらないでいておくれ！

君の声がどこか不思議とこの胸を刺す
僕のヒコーキは温もりを求めている

ゆっくり僕の羽根をなでてくれた
君の羽根が羽ばたかないか僕は不安を抱いていた

君を愛し続けたならば君は僕の傍にいてくれる？
懐かしい恋を求めて
いつまでもいつまでも　僕を愛していて欲しかった
いつまでもいつまでも　君と二人夢を見てたかった
いつまでもいつまでも　時計よ動き出して止めないで！

いつまでもいつまでも　僕を愛していて欲しかった
いつまでもいつまでも　君を愛し続けていたかった
いつまでもいつまでも　君と二人夢を見てたかった
いつまでもいつまでも　時計よ動き出して止めないで！

You Absorb Future

忘れたい忘れたはずさ　何もかも壊したはずさ
なぜ涙は流れる　自由になったはずなのに
心は孤独だと知っているのか？

もし左回りの時計があるとしたらキミと二人で

さよならのその時　約束も誓いの言葉も消えてなくなる
その時キミが涙を流したら　僕は未来を消して…
その時キミが未来を感じたら　僕はキミを包む風になろう

壊したい壊したはずさ　何もかも夢がよかった
なぜキミと出逢う　別れを知るだけのため？
心はキミを感じているのか？

もし左回りの時計が見つかればキミと出逢う前に

さよならのその時　約束も未来の約束も消えてなくなる
その時キミが僕を忘れたら　僕はキミを忘れて
その時キミが僕を感じたら　僕はキミを照らす太陽になろう

もし左回りの時計があれば…

Last episode

このまま一緒にいても　傷付け合うだけだから
まだあなたを好きでいるうちに　サヨナラをするよ

あなたがいない夜はいつも不安で
あなたの優しさ思い出していたよ

泣かないと決めていたのにどうしてこんなに
涙止まらないよ
うつむいたあなたは何も言葉にしないね
気持ち届かないよ

夢から覚めてしまって　孤独の中にいた事
もうあなたの愛が消えた事　今なら進める

優しさで溢れてたあなた以上に
愛せる人と覚めない夢を見る

ごめんねと小さな声であなたが呟く
あやまらないでもう
サヨナラは２人の未来変えてくれるはず
幸せになれるよ

泣かないと決めていたのにどうしてこんなに
涙止まらないよ
いつの日か笑って会えるよね　傷付け合った日々
涙と消えてゆけ

Call for love

君に会えない夜は長い
どんな小さな隙間でも会いたいよ

月が見えない夜は長い
眠れないから傍にいて抱きしめて全てを

君のいないこの部屋は冷たくて静かで
心まで凍り付きそうで

消えてしまいそうな意識の中で　君の声が聞こえるよ
もう戻らないなら　消えてしまうよ　なくすモノなんてないし

君の香りのする部屋は切なくて孤独で
私には何も残らない

消えてしまいそうな意識の中で　君の声が聞こえるよ
もう戻らないなら消えてしまうよ　君の中に刻みたい

消えてしまいそうな意識の中で　君の声が呼び覚ます
もう戻らないのに待ち続けてる　君のことが好きだから

消えてしまいそうな意識の中で君の全て抱きしめて

Distance

遠い遠い昔　毎日が長く辛くて　本当に大人になれるのか
不安で　いつだって大人になりたかった

過ぎて行く季節の中で　僕は何を思いここまで来たんだろう

時はあやまちや後悔を残し過ぎてきた
それでも僕は大人になったんだ
あの時夢見た世界は　まだ胸の中

出逢い別れ涙　心から愛した恋人　永遠に続くと思ってた
儚く　いつだって誰かを求めてる

過ぎて行く季節の中で　僕は何を目指しここまで来たんだろう

愛は現実と妄想の狭間　切なくて
それでも僕は恋をしてたんだ
あの時感じた思いは　まだ胸の中

大人になった僕がいる　戸惑いながら生きている
それでも明日に向かって生きている

サヨナラ僕の遠い時代　僕の夢見た未来の為に

夢

小さな頃からの夢　今は記憶の片隅に
あの時諦めたはずなのに　どうして進めない？

大人になっていくうちに　どれほどの夢を見たのだろう

叶えたい夢があった　いつもいつも夢見てた
私は何をしてきたのだろう　努力さえ中途半端で

後悔はしたくないと　自分には嘘はつけないね
小さな頃の思いのまま　明日へ進もう

大人になっていくうちに　どれほどの夢を諦めたのだろう

叶えたい夢があった　いつもいつも願ってた
今走り出す夢をつかむため　追いかけよう今までの距離

叶えたい夢があった　いつもいつも夢見てた
私は何をしてきたのだろう　努力さえ中途半端で

叶えたい夢があるよ　だから夢を叶えよう
私は今を走りつづけるよ　後悔はしたくないから

Spirit

サヨナラを言った後　止まらず溢れ出す　Tears
ガラガラと音を立て　激しく崩れていく　Heart

孤独のカケラ拾い集めて結ばれた二人だから
過ぎていく景色さえも　見えないほどに抱き合った

この隙間満たしてくれるなら
あなたじゃなくてもよかったはずなのに
「痛いよ...」

あなたの隙間満たしてくれる素敵な人ができたから
過ぎてきた景色さえも　思い出せない　愛してた

この躰満たしてくれるなら
あなたじゃなくてもよかったはずなのに
「I　miss　you」

サヨナラのKissをして　このまま行かないで　Forever
幸せを手に入れた　あなたの為だけに　Bye-Bye

あなたがいなくても強く強く生きて行けるから
振り向かないで

サヨナラのKissをして　あなたの幸せよ　いつまでも
幸せを手に入れた　あなたの為だけに　Bye-Bye

First emotions of love

もしも時が戻り　君と出会う前だったとしても
私は必ず君に出逢い　恋をするでしょう

なぜか涙が出て切なくなって　泣き虫になっても
私は必ず君にそっと　恋をするでしょう

色褪せたりしない私の君への愛は　波のように限りなく続くよ

朝も昼も夜もkissをして　君に抱かれ溶けて行きたい
だから何も心配しないで　君の涙私が包むから
いつも抱きしめていて

色褪せたりしない二人の思い出　愛は海の様に限りなく深いよ

春も夏も秋冬も過ぎて　君の傍で囁き合った日々も
朝も昼も夜もkissをして　君に抱かれ溶けて行きたいから
ずっと離さないでね

過去も今もこれからの未来　君の夢を一緒に追いかけて
どんな時も君の傍にいる　君の唄を一番近くで
聴いていたいから

朝も昼も夜もkissをして　君に抱かれ溶けて行きたい
朝も昼も夜もいらないよ　君がいつも愛してくれるから
君を愛してる

私を誰か･･･

本当の自分が解らなくなってく
嘘だけが自分を守る武器だった

未来の自分が泣いてる気がする
素直になれない傷は浅くない

泣いたりしない私は強いから　愛情だけが欲しいから
優しく抱きしめて

体に絡みついた嘘から救い出して
心も体も壊れてしまう前に　誰か　誰か

淋しくはない私は強いから　同情は欲しくない
星が煌くから

私に絡みついた嘘から解き放して
夜空に煌くあの星達のように　誰か　誰か

本当の私は孤独の真ん中で泣いている　だけど･･･
泣いたりしない私は強いから　愛情だけが欲しいから
優しく抱きしめて

体に絡みついた嘘から救い出して
心も体も壊れてしまう前に　誰か　誰か

私を誰か･･･

ROSE

いつも疲れた顔で　いつも私を見ていてくれた
あなたはいつも私達の為に　働いていたね

たまに喧嘩をしても　いつも私を見ていてくれた
信じてくれた私達の為に　生きていたね

老いていくあなたに私は何をしてあげられるだろう？

大切な人　いつまでも　私を見ていて欲しい
偉大な人　いつの日か　あなたに追いつけるかな

一緒にいた時間はあっという間で今はあなたが心配で

大切な人　ありがとう　たくさんの愛をもらった
大切な人　これからは　自分の為に生きてよ

ずっと　ずっと言えなかった　あなたに伝えたいよ
この言葉を

大切な人　いつまでも　私を見ていて欲しい
偉大な人　いつの日か　あなたに追いつけるかな
大切な人　ありがとう　あなたに会えてよかった
大切な人　いつまでも　この絆を絶やさないように

心から　ありがとう

Moonlight

愛しい人泣かないで　朝が来るまで　月明かりの下
君の涙乾くまで　君の傍にいるよ

君はいつものように自分を見失いかけてた
こんな私に出来る事　君が癒されるなら

ここに帰っておいでよ　私はずっと君を見ているよ
どこか遠くに行きたいね　君が立ち直るなら

君が私を救ってくれたから　この未来恐れることは何もない

愛しい人泣かないで　朝が来るまで　月明かりの下
君の涙乾くまで　君の傍にいるよ

愛しい人羽ばたいて　怖くないから　月明かりの中
君の全てを抱きしめて　君の傍にいるよ

愛しい人この愛を　放さないでね　月明かりの空
君と二人で飛びたいな　君の傍にいつもいるよ

著者プロフィール
Mizue
1979年10月11日生まれ
広島県出身

想 〜あなたが感じたメロディーを〜

2003年4月15日　初版第1刷発行

著　者　Mizue
発行者　瓜谷 綱延
発行所　株式会社文芸社
〒160-0022　東京都新宿区新宿1－10－1
電話　03-5369-3060（編集）
03-5369-2299（販売）
振替　00190-8-728265

印刷所　株式会社ユニックス

ISBN4-8355-5389-6 C0092